슬픔의 원천

소금북 시인선 · 08

슬픔의 원천

박민수 시집

소금북
sogeumbook

▌박민수

- 춘천 출생, 춘천교대 졸업. 서울대 문학박사. 춘천교대 교수 및 총장 역임.
- 1975년《월간문학》신인상 등단.
- 시집 〈강변설화〉〈개꿈〉〈낮은 곳에서〉〈잠자리를 타고〉〈어느 그리운 날의 몽상〉 등이 있고, 저서 〈현대시의 사회 시학적 연구〉〈현대시의 리얼리즘과모더니즘〉〈아동문학의시학〉〈창조성 중심 교육〉〈하나님의 상상력〉 등.
- 최근에는 뇌를 기반으로 한 인간의 존재 양상과 비전을 탐구하는 〈박민수뇌경영연구소〉를 운영하고도 있고, 또한 사진 찍기에 빠져 몇 번 개인전을 갖기도 하였으며, 성경을 중심으로 인간 존재의 아름다운 비전을 밝히는 집필 활동에도 열심을 쏟고 있음.

- 전자주소 : minsu4643@naver.com

| 시인의 말 |

나는 10권의 시집과 10권의 이론서도 출판하였지만, 나의 이러한 인생 여정에 가장 큰 영향을 미친 사람의 하나가 바로 <표현> 동인이다.

언제나 내게 큰 희망을 주었고, 또 내가 시에 열정을 갖고 도전하는 계기도 계속 마련해 주었다.

나의 한 생애는 시가 있어 큰 기쁨이었고, 그 많은 어려움 속에서도 시가 있어 지치지 않는 도전의 역동성을 발휘할 수 있었다. 참으로 감사한 일이다.

"시야, 네가 있어
내 인생길 진정 고맙고 또 고맙구나!"

| 차례 |

제2부 달력

제3부 창밖의 세상

제4부 나비의 꿈

후기 | 박민수

제 1 부

사랑의 추억

노랑나비

내 사는
강변 마을 숲길
봄 되면 노랑나비 떼로 모여
사랑놀이 즐겁다
어루만지고 서로 간질이며
하늘 길 오르내리는 날갯짓
그 요염한 바람소리들,
문득 내 귀 스치는 그 짙은 웃음소리들,
몸짓 가벼운 저 많은 유혹의 손짓들,
불현듯 어디에선가 꽃향기 전해 오고
어디에선가 홀연 그리운 사람
길게 휘파람 소리 보내올 듯
발걸음 어리둥절 하늘 보며
한참 동안 저 혼자
갈 곳 잊는다

내 마음의 작은 숲에서

어느 날 내가 내 마음의
작은 숲에 갔다
저 한쪽 외로움의 공간이 있고
이 한쪽 그리움의 공간이 있다
누구도 오는 사람 없지만
이 공간 저 공간
나의 그림자 홀로 오락가락
누군가를 기다리는 듯
가끔 휘파람 소리 외롭다
아하, 가여운 사람,
우리 삶이란
언제나 오랜 기다림일 뿐이니,
오늘은 홀로 산책길
헛기침이나 하면 좋으련만!

사랑의 추억

봄날
내 사는 아파트 앞창 밖
버드나무 위 다람쥐 두 마리
쫓고 쫓기는 듯 이리저리
하 바쁘게 오르락내리락
쫓고 쫓기더니 문득 두 몸 하나 되어
사랑놀이 아주 짙다
저 아득한 사랑의 추억,
아마도 그 추억 속에
생명의 아름다운 비밀 있을지니
그 비밀 참으로
오묘하다

뻐꾸기

이른 아침

앞 강변 나뭇가지 위 홀로 앉아

허공 속 애절히 쏟아내는 뻐꾸기 울음소리

비 온 아침 하늘 푸르듯

높이 높이 한없이 청명하다

누군가를 애태워 부르는 듯

그 목소리 천지 가득 출렁이지만

돌아오는 대답 소린 어디에도 들리지 않는다

나도 한 생애 지금껏

누군가 이름 모를 그를 향해

홀로 던지는 애절한 목소리로 살아왔지만

그것은 그냥 마음속 외로운 파도일 뿐

그리운 그 사람 내게 모습을 보이지 않았다

뻐꾸기처럼 그토록 애절한 것은 아니었지만

돌아보니 나의 삶이란 산 너머 누군가를 향한

그리움의 기나긴 강줄기였다

그리하여 이 아침도 창문을 열고

나 홀로 하늘 멀리 누군가를 향해

뻐꾸기처럼 뻐꾹 뻐꾹
덧없는 그리움의 오래 된 손짓 다시 보내고 있다
아아, 우리 삶이란
이런 것이다
푸른 하늘 저 멀리 누군가를 그리워하는
오랜 눈물이다

빗줄기

아침 눈 떠 창을 보니
빗물 가득 긴 눈물 줄기 만들었다
간밤에 내린 비 문득 내 마음에도
적막히 기나긴 눈물 줄기 된다
이미 기억조차 없는 오래전 꿈속
공연히 가슴 쓰렸던 흔적
저 스스로 살아올라
이렇듯 눈물 줄기 되니
아마도 내 안에
나도 모르는 그리움의 누군가 숨어 있어서
저 홀로 온 가슴 이리 흔드나 보다
그가 누구일까?
스스로 물으며 돌이켜 보니
아하, 우리 삶이란 세월 가면서
홀로 쌓이는 기억의 그림자 아득히 깊어가는
꿈의 오랜 물줄기일지라
그 속에 잊은 듯 살아 있는
그리운 사람의 뒷모습,

그 모습 불쑥불쑥 우리 앞에 서니
우리 삶이란 언제나 이렇듯
한 세월 지나가 잊은 저 뒤에 머물러 있지만
한 끈에 매어 언제나 더불어 한 몸 된 듯
길고 아득하다
그래서 빗줄기도 언제나
한 줄로 이어서 내리나 보다

봄바람

봄 되면 내 사는 마을
앞 강 언덕 위로 바람 소리 이리저리
날개 휘젓는다
나도 흐른 세월 다 잊은 채
문득 바람결 휩쓸려 한 마리
나비 된 듯 발걸음 가볍다
어디로 갈까?
바람 따라 그냥 바람이 될까?
이리저리 망설이다 보면
아하, 하늘길 홀로 나는 새 한 마리
찌르륵, 찌르륵 멀리서 나를 부른다
그래 같이 가자, 손 흔들면
아하, 저 혼자 본체만체
날갯짓만 한 참 바쁘니
외로움 문득 어디에선가
가슴 한껏 저려온다
한 생애 봄바람 언제나 이러했다

별의 추억

늦은 밤 홀로
창가에 앉아 먼 하늘 바라보노라니
산등성 저 너머 별 하나
고요히 반짝이고 있다
어디서 왔는지 모르지만
그리웠던 옛 친구 다시 만났듯
그 모습 청명하다
오래 잊고 살았던 옛 동산
그 너머 문득 그리움 되어 손짓하는
그때 그 이름들,
별 하나 별 둘, 별 셋!

슬픔의 원천

때로 슬픈 마음일 때 많다
슬픔이 있어야 진정 기쁨도 있듯
슬픔이 슬픔만이 아닐 때 또 많다
슬퍼 많은 눈물 쏟아내다가
홀연 그리운 사람 다시 만나면
눈물이 기쁨 되어 강물이 될지니,
이것이 넘치고 떠 넘침에
슬픔은 사라지고
기쁨만 화려한 춤 되어
파도처럼 아득히 넘실거림에!

가을 바닷가에서

어느 가을 한 날
바닷가 외로이 한참을 걷다가 문득
저 멀리 가파른 산 중턱 등대 하나
그 불빛 전후좌우 계속 반짝임을 보았다
그것은 누군가를 향한 하염없는
손짓이었다
저 넓디넓은 바다를 향해 던지는
그리움의 오랜 외침이었다
어느 가을 한 날
외로이 쏟아지는 빗물이었다
반짝이는 눈물이었다
끝내 멈추지 않는
오랜 그리움이었다
한순간 사랑의 머나먼 추억이었다
누군가 나를 부르는
휘파람 소리였다

낮잠

오늘 한낮 오랜만에
낮잠을 잤다
창밖 하늘 구름 멀리 바라보다가
기러기 한 마리 홀로
날아가는 날갯짓 바쁜 것이
어디로 가는지 궁금하여
이런 생각 저런 생각 하다가
그만 내가 잠에 빠져
날갯짓 나풀나풀
문득 기러기 되었다
하늘 높으니
인간 세상 저 먼 그림들이
종이 위 장난감처럼 한눈에
가득 찬다
사람들 발걸음 바쁘고
무슨 일 생겼는지 소방차
사이렌 소리
아득히 울려 퍼지는데

내가 그리워하던 어릴 적
이웃 돌순이 문득 참새처럼
내게로 달려온다
내릴 모래면 팔십이 될 나이인데
어인 일로
이런 생각 솟구치는지
한참 민망해 눈물이 나올 듯하다
아차, 놀라 눈을 뜨니
웬 이런 헛꿈이!
세월이 가도 간 세월
다시 돌아와 이렇게
나를 웃길 때가 있구나

눈물의 추억

돌이켜 보니
한 생애 나의 가장 큰 벗은
눈물이었다
전쟁 중 낯선 피난 길
일찍이 돌아가신 아버지를
눈물로 보냈고,
홀로 외로이 긴 밤
이갈이로 세월 보내시던
어머니를 또 그냥 눈물로 보냈다
생각해 보니 우리 삶이란
눈물로 손 흔들어 주는
오랜 헤어짐으로
그리운 사람들과의
한 생애 손짓을 나누는 일이다
나에게도 누군가 어느 날
몇 줄기 눈물방울로
손 흔들어 줄 이 있을지니,
그를 위해 나도 눈물방울

방울방울 가슴에 쌓아두었다가
하늘 가는 길, 허공 가득 뿌려야겠다
비 오는 듯 옷 젖는 그 사람들을 위해
잊히지 않을 추억의 노란 꽃들
가슴에 가득 채워 두어야겠다
이것을 눈물의 추억이라 불러야겠다

농부

내 생애 늦은 나이
아내를 따라 밭농사를 시작하였다
오랜 세월 하천이었던 땅
잡초와 돌들만 가득 덮인 황무지
그 땅을 샀다며 어느 날 아내가
밭일을 시작해 보자고 하였다
시인이 되어 허허벌판
홀로 헤매던 몽상의 오랜 세월
그 한 생애 뒤로 두고
내 앞에 새로 놓인 초록빛 햇살들,
그 다정히 출렁이는 나부낌들,
그것들이 문득 그리운 손짓처럼
나를 맞고 있었다
산다는 것은 언제나
따듯한 그리움과 함께 하는 것,
시만이 시가 아니라
검은 흙들과
푸른 풀잎들 어울리며 나부끼는 거기에

살아 외치는 무성한 생명의 곡절들

그것들이 문득 시처럼

나의 그리움이 되고 있었다

검은 흙들의 나라,

거기에 나부끼는 시의 따듯한 체온,

나는 어느새 시를 심고

새 시를 거두는

굳센 농부가 되고 있었다

우리 인생이란 누구나 이처럼

한 생애 씨앗을 심고 거두는

시인이 되는 것이리라

노을

어느 가을
서산 저 먼 높은 곳
저녁놀 참으로 요란하다
타오를 듯 하늘 가득
그토록 붉은 아우성,
누군가 그리운 사람 멀리 있는 듯
하염없이 긴 목소리 멈출 줄 모른다.
타오르다, 타오르다, 마침내
어둠 속 스러져 갈
저 황홀의 순간,
어느 결, 나도 문득 누군가 그립다
그리워, 그리워 홀연히
그 이름 외쳐 부르다가, 부르다가
어둠 속 스러져 갈
내 슬픈 손짓
저 홀로 허공 속 나풀거린다
문득 하늘 멀리 출렁이는
노을빛 붉은 나부낌,

그도 내게 손 흔드는 듯

가슴 깊이

눈물 한줄기 작은 파도 소리를 낸다

마침내 스러져 갈 노을빛

그도 내게 그리움의

한순간 되고 있으니…

미움

한때 나에겐 미운 사람이 많았다
내 기분 거슬리면 그냥 그는
나의 미운 사람이 되었다
그리하여 나에겐
미운 사람 차곡차곡 줄지어 서게 되었으니,
좋은 사람보다 미운 사람
더 많아졌다
기쁨은 작아지고
미움은 무럭무럭
내 가슴 더 크게 가득 채우고 있었다
미움이 미움을 낳고 마침내
나를 미워하는 사람도 점점 많아졌다
아차, 이걸 몰랐다니!
미움이 미움을 낳고
사랑이 사랑을 낳는다는 것을!

바람 속에서

아침 산책길
어디서 오는 바람결 산들산들
온몸을 쓰다듬는다
밤새워 헤매던 꿈결 위에
살랑살랑 꼬리를 흔드는 노랑나비처럼
누군가 그리운 이
속 깊은 가슴 향기 아득히 전해 올 듯
바람결 멈출 줄 모른다
한 생애 오랜 세월 살았지만
아직도 내 마음 빈 곳 있어
바람결 제가 알아 아득히 채워줄 듯
문득 활짝 가슴 문을 열고
심호흡 깊이 고른다
아아 이 깊은 바람결
어느 사이 나도 찰랑찰랑
노랑나비처럼 허공을 난다
아침 산책길 바람 속에서…

전화

혼자 책을 보고 있으려니
문득 낯선 전화가 왔다
전화를 받으려니 문득 낯선 목소리
힘차게 나를 윽박지른다
야, 임마!
난 네가 뒈진 줄만 알았는데, 잘도 살아 있구나?
뉘신지?
뉘시긴 자식아, 나 떡때야,
벌써 잊어 처먹었냐?
나는 박민수입니다만?
박민수, 얘 되게 웃기고 있네?!
아닙니다. 아마 전화가
잘못된 듯하네요!
네?
아이쿠, 죄송합니다!
전활 잘못 보냈네요!
뚝!

제 2 부

달력

기다림

가끔 나 홀로 허공 향해
마음의 편지 한 장 보낼 때 있다
물론 발신자도 없고 수신자도 없지만
저 푸른 하늘 누군가 나를 기다리는 이 있는 듯
편지 구절 혼자 중얼거릴 때 있다
한참을 중얼거리다 보면 나의 편지
갈 곳 잃고 자꾸만 내 가슴 주저앉아
따듯한 눈물방울 된다
그 눈물방울 따라
누군가 저 푸른 하늘 따듯한 사람
불쑥 내 곁에 오시려니,
보낸 편지 절로 내 안에 머물 듯
오늘도 나는 편지 한 장 써 들고
한참을 이리저리 홀로 두리번거려 본다
기다림은 이렇듯 언제나 하염없다

세월

내 방엔 1월 첫날부터 함께 한
두 개의 시계와 두 개의 달력이 있다
하나는 앞쪽, 하나는 뒤쪽
앞으로도 보고 뒤에서도 볼 수 있어
언제나 나의 시간 나의 세월
함께 가고 있었다
그러던 어느 날 나의 시간 저 혼자 가고
나의 세월 또한 저 혼자 가고 있었다
그렇게 반년의 시간이 지나고
반년의 세월이 흐르고 있을 때
문득 시계가 눈에 띄고
낯설게 달력이 눈에 띄었다
매일 바라보면서도
거기에 달력이 있는지 시계가 있는지 모른 채
어느새 반년이 흘렀고
달력도 시계도 가는 세월 모른 채
거기에 멈춰 있었다
달력은 3월이고

시계는 정오를 넘기지 못한 11시였다
아하, 이 좋은 것을 이제야 알다니!
달력이 멈추어 있고 시계가 멈추어 있으니
문득 내 세월도 갈 길 멈춘 듯…
그러나 어찌 가는 세월 내 맘대로 붙들 수 있으랴,
이마의 주름살 멋쩍게 웃고 있으니
그 세월 함께 가는 길
휙휙 휘파람 소리나 허공에 날릴 뿐인 것을

나비처럼

내게 땅이 있고
하늘이 있어 고맙다
내게 발이 있고
눈이 있어 고맙다
땅을 딛고 하늘을 볼 수 있어
참 고맙다
오늘은 발 더욱 굳건히 땅에 딛고
먼 하늘 홀로 바라보며
누군가를 불러보고 싶다
먼 데서 아득한 목소리로
대답하는 그리운 사람
그와 함께 세상 밖 저 너머
어느 애틋한 꽃밭 길 온종일
말없이 걷고 싶다
발걸음 가벼이 하늘 솟아
문득 그와 손잡고
구름 속 아득히 날고 싶다
한 생애 쌓아둔 그리움 다 버리고

오늘은 나비처럼 나풀나풀
텅 빈 허공 속 근심 없는
오랜 기쁨이 되고 싶다

근심

한 생애 나를 떠나지 않는
그림자 있어 찾아보니
이게 근심이었네
어릴 적부터 내 곁에 붙어 앉아
이 근심 저 근심으로 오락가락하며
잠 못 이루게 가슴 억누르던
그 낯선 그림자들의 추억,
나이가 들어 힘이 세어졌어도
언제나 내 어깨를 누르고
심장을 누르니 오늘도
그 근심 나를 찾아와 또
문을 두드리네
생각해 보니 근심 없는 세월
덩달아 기쁨도 없으려니,
가슴 한 녘 그 쉴 곳 만들어
기쁨의 추억 더불어 덩실덩실
춤추게 해야겠네!

한겨울 바람 소리

문득
창문을 두드리는 바람 소리 요란하다
누구인가 가까이 달려와 외치는
다급한 목소리인 듯
늘 사라지지 않는 그리움의
아우성인 듯
오늘따라 거센 바람 소리
내 눈시울 스치며 멈출 줄 모른다
아아, 누구인가
문득 창가에 다가와
나를 부르는 듯
그리 애태우는 몸부림의
저 멈추지 않는 손짓은
저 출렁이는 한 가슴 파도 소리는
저 오랜 아픔의 차디찬
눈물 줄기는…

하늘 먼 여행길

한여름 한나절
온 세상 급히 불태울 듯
모질게 뜨겁다
볼 일 있어 잠시 나선
아스팔트 보행길,
그곳에 내리는 저
뜨거운 몸부림,
그것이 마치 우리 세상
끊이지 않는
욕망의 아우성처럼
격렬하다
마침내 시들고 말
저 격렬함!
우리 삶이란 바로
이와 같을지니
문득 푸른 하늘길
그 길 따라 부지런히 달려가는
이름 모를 몇 마리 작은 새의 지저귐

동무하자 그들 불러

나도 함께 오랜

하늘 여행길 재잘재잘

함께 떠나고 싶다

사랑은

사랑은
사랑의 계절 속에 있다
봄이 있어 꽃이 피듯
사랑이 있어 사랑의 계절이 있고
계절 따라 어느 날
그리움의 하늘빛 새들
푸른 날갯소리 바람 타듯
훨훨 우리 가슴
가득 날아와 앉는다
사랑은 이렇게 온다
사랑은,
멀리서 손 흔드는 기쁜
유혹이다

꿈 그림

아주 오래전에 쓴 시 한 편에
“어느 그리운 날의 몽상”이라는 제목이 있다.
여름 한나절 알몸 되어 홀로 천장을 바라보다가
문득 떠오른 생각들의 그림이었다
오늘도 한여름 침대 위 알몸 되어
홀로 얼룩 천장 높이 바라보고 있으려니
문득 지난 세월 오랜 기억의 빗줄기 하나
살며시 가슴 위를 스쳐 간다
돌이켜보면 우리 삶이란 한 세월 꿈길이려니
오늘도 천장 바라보며 화려하게
꿈 그림 하나 크게 그려둬야겠다
돌아보면 기쁜 날의 추억,
그 추억 지워지지 않도록
그 그림 꿋꿋이
오래오래 내 곁에 세워둬야겠다

욕심

돌이켜 보니
사람 사는 근원 모두 욕심이다
그러함에 나도 이런 욕심 저런 욕심
어루만지며 한 생애
오늘에 이르렀다
세월이 가고
이제 돌이켜 보니
사람 욕심에도 가지가지가 있다
그럼 내 욕심은 무엇이었는가?
그리고 지금의 욕심은
또 무엇인가?
그리하여 다시 돌이켜 보니
한 생애 내 욕심은
가을 되면 가마우지 떼 지어
서쪽 하늘 훨훨 날아가듯
푸른 하늘길
그리 날아가는 것이었다
그러나 내가 어찌 새가 되어

하늘길 날 것인가!

그리하여 다시 돌이켜 보니

우리 삶이란 늘 덧없는 그리움의

오랜 욕심일 뿐이다

우리 삶이란 이런 것이다

텅 빈 욕심일 뿐이다

아아, 덧없는 그리움의

한 생애 저 머나먼 욕심이여!

어느 봄날

어느 봄날
그분이 내게 오셨다
어느 날 그분이 내 안에
포근히 자리 잡으셨다

때로 아픔의 눈물에 젖으셨고
때로 기쁨의 논물에 젖으셨다
때로 나도 아픔의 눈물에 젖었고
때로 나도 기쁨의 눈물에 젖었다
어느 날 그분이
나의 아픔을 씻어 주셨다
나의 눈물을 씻어 주셨다

하늘이 열리고
문득 꽃비가 내리고 있었다
어느 봄날이었다
봄은 언제나 나의
기쁜 추억이었다

따듯한 사랑이었다
어느 날
그분이 나의 어깨를 어루만지셨다
눈물이 났다

봄은 언제나 이렇게 나의
오랜 기쁨의 따늣한 추억이었다
넘치는 사랑이었다
꿈이었다
하늘길 노랑나비였다
나풀나풀 춤바람이었다

아리랑 고개

내 어릴 적 태어나
처음 들은 노랫가락 그것이
아리랑이었지
비 오는 날이면 동네 아낙들
모여 함께 부르던

"아리랑, 아리랑, 아라리요, 아리랑 고개를 넘어간다
나를 버리고 가시는 임은 십 리도 못 가서 발병 난다."

오늘 한낮 문득
소낙비 요란히 쏟아짐에 불현듯
창밖을 보다가
나도 누군가 그리운 이
가슴에 숨어 있는 듯
아리랑 고개가 생각났다

나이가 들어도 이렇듯 가슴엔
나를 버리고 아리랑 고개 넘는

그 사람 여전히 고갯길
십 리도 못 간 채 발병 나 거기
그냥 남아 있는 모양 같다

시인의 추억

젊은 시절 문득
시인이 꿈으로 내게 다가왔다
어느 날 내가 시인이 되었다
몽상은 아름답고
세상은 겨울에도 봄꽃처럼 따듯하였다
세월이 흐르고 시가
문득 나를 억누르고 있었다
어깨는 무거웠다
그리하여 덧없이 시와 헤어졌다.
그러던 어느 날 시가
바람 소리처럼 다시 왔다
그리움 힘찼고,
봄날도 아닌데 봄꽃처럼
그 향기 내 안에 따듯하였다
안녕, 나의 그리운 이여!
덧없는 세월 멀리 가고
홀로 애태웠던 사람처럼
손짓 다시 보내는

나의 사랑하는 이여!

어서 오라,

너로 하여금 내 눈빛 다시금

영롱한 바람 소리 될지니,

봄날 초롱꽃 흔들림으로

뜨겁게 내 가슴 다시

출렁임을 보겠다

시가 있는 세상

가끔
여기저기 많은 시인이 내게
나와 다른 이런 시,
나와 다른 저런 시집들을 보내온다

내가 거니는 내 시의 작은 풀밭 위
다른 시인들의 다른 시가 다른 바람 소리를 낸다
언제나 고요한 내 시의 풀밭 위에
참새 같기도 하고 종달새 같기도 하며
때론 폭풍우 같기도 하고
어떤 땐 멀리서 들려오는 풀피리 소리 같기도 한
다른 시인들의 이런 빛 저런 목소리들이
내 가슴 고요한 창문을 콩콩 두드리기도 한다

누구인가,
시가 있어 시인이 있고
시인이 있어 시가 있는 우리 세상
이 따듯한 추억의 역사를 만들어 낸

그 태초 어느 한 사람은?
그가 누구인지 모르지만
오늘따라 한 생애 나도 시인인 것이 고마워
창밖 하늘길 멀리 홀로 날아가는
이름 모를 새 한 마리 향해
길게 손 흔들며 인사를 전한다

"고마워, 고마워, 시가 있는 세상
정말 고마워."

내 사는 마을

내 사는 마을
멀리 흐르는 앞 강물 높은 허공에는
날마다 가마우지 검은 날개들
떼 지어 서쪽 저 산 너머로
바삐 날아들 간다

거기에 무엇이 있는지 모르지만
쉼 없이 달려가는 검은 날갯짓들
아마도 누군가 그리운 이 있어
저리 바쁜 걸음일 터이지만
그 그리움 문득 내게도
파도처럼 출렁일 때 많다

한 생애 땅에 발 딛고 살다가
어느 날인가 하늘길 가는
우리 인생,
때로 이것이 슬픔처럼 아플 때도 있지만
가마우지 떼 저리 바쁜 날갯짓을 보면

하늘길 저쪽 마을 오솔길 펴진 그곳에
내 그리운 이 그가 홀로 서서
나를 향해 반가이 손짓 흔들고 있을 듯
문득 우리 인생 하늘길 가는 것이
슬픔만이 아닌 것 같다

하늘길 닿는 그곳에 이르면 정녕
기쁘게 나를 맞을 하얀 손짓의 누군가
봄 나비처럼 꽃향기 풍기며 덥석
나를 품어줄 것이기에

달력

책상 앞 책꽂이 위에 놓인
삼각 달력 하나
한 해가 다 가는 어느 날에도
새해 첫날 바로 그 자리
그 날짜 그대로 놓여 있다

가는 세월 바로 찾아
제 할 일 다 하게 해주어야 했지만,
게으른 내가 그 가는 세월
한 자리에 붙들어 놓고 말았다

달력의 세월 그냥 거기에 있고
나 홀로 세월을 보냈으니
문득 내가 어리석음을 알겠다
내 세월 덩달아
그냥 그 자리에 묶어 두었다면
아직 나도 외로이
그 자리에 머물러 있을 터인데

그걸 몰라, 가는 세월 가는 대로
한 해 열두 달 아까운 줄 모르고
이리 덧없이 보내고 말았으니…

어머니

어느 날 하늘 멀리 바라보노라니
문득 어머니 살아계신 그 얼굴 떠올랐다
이 세상 떠나신 지 오랜 세월 흘렀지만
갑자기 눈앞에 마주 선 그 모습,
여전히 웃음을 머금고 있다
가난했던 한 세상, 철없이 보채던
내 모습 아직도 기억할 터이시지만
아무 내색 없으셨던 어머니
그 미소의 그 얼굴,
반가워 어머니! 외쳐 부르자니
어쩐 일로 목소리 앞서 눈물 한줄기
길게 얼굴을 적신다
한 생애 나의 세월도 오래 되었지만
어머니는 여전히 어머니로구나!
그래서 어머니는 지금도 그립구나!
그래서 다시 불러보는 나의 목소리
어머니! 어머니! 어머니!

기억의 아픔들

우리 삶이란 흘러가지만
모두 잊히는 것이 아니다
흘러가다 가슴에 남은 그 많은 기억들,
돌이켜 드라마 될 적마다 돌이켜
몸서리 가득한 일 참 많다
6 · 25 전쟁 때 아버지 객지에서 돌아가시고
어머니 홀로 울고 계시는데,
아버지 죽었으니 떡 해 달라 울던
나의 철없음, 그걸 어머니는
두고두고 가슴 아파하셨다
그 아버지, 그 어머니 지금 하늘나라
함께 계실지니
멀리 나를 바라보시며
싱긋이 웃으실 거 같다
아버지, 어머니!
이제 모든 슬픔 다
허공에 던지셨지요?
그럼! 그럼!

제 3 부

창밖의 세상

꽃길에서

내 사는
강변 마을 꽃숲 작은 길
봄 되면 노랑나비 떼로 모여
사랑놀이 즐겁다
어루만지고 서로 간질이며
하늘길 오르내리는 저 수많은 날갯짓
그 요염한 웃음소리들
몸짓 가벼운 저 아득한 유혹의 눈빛들
물빛 반짝이는 손짓들
문득 내 귀 스치는 가느다란 미소의 바람 소리들
불현듯 어디에선가 꽃향기 가득 몰려오고
어디에선가 홀연 그리운 사람 길게
휘파람 소리 보내올 듯
한참 동안 어리둥절 나 혼자
이리저리 갈 곳 몰라
헤맨다

이리 와, 이리 와

한여름 어느 날 폭염 속
아파트 8층 내 작은 침실 알몸으로 누워
창밖 저 멀리 펼쳐진 푸른 하늘 바라본다
문득 이름 모를 새 한 마리 허공 따라
고독히 어디론가 바삐 날아가고 있고
윗집 베란다 시멘트벽 틈새로
온종일 떨어지는 물방울 소리 똑똑똑
그리운 사람 창문 두드리는 듯 멈출 줄 모른다.
세월 가고 이제 내 가야 할 하늘길도 가깝지만
아직도 마음 가득 누군가 그리운 것은 아마도
한 생애 가는 길 덧없는 외로움 때문이리니,
홀로 가는 저 새 한 마리
동무하자 이리 와 이리와 불러보고 싶다
그마저 못 본 채 멀리 가고 말 것이지만
그래도 그를 불러 같이 가자 같이 가자
덧없는 손짓 전해 보고 싶다.
어느새 저 먼 굽잇길 돌아 그 모습 보이지 않을지라도
손짓 가득 나부끼는 바람소리,

그것이 메아리 되어 내 가슴 가득 눈물이 될지니,

그 눈물 넘치는 강이 되어

나의 그리움 이리저리 모두 쓸어갈지니,

오늘도 홀로 창가에 앉아 덧없이

하늘길 멀리 가는 새 한 마리 향해

오랜 손짓 전하고 또 전해 본다

"이리 와, 이리 와."

평화의 기쁨

한여름 무더운 날
침대 위 홀로 누워
창밖을 바라보노라니
하늘길 멀리 허공에 뜬 듯
내 온몸 꽃잎처럼 가볍다
하늘길 저 한쪽 짝지어 날아가는
가마우지 한 쌍
그들은 또 어디로 가는지
날갯짓 바쁘고 살짝살짝
깃들어 오는 작은 바람결 살며시
온몸 어루만진다
아아, 저 하늘의 기쁨!
아아, 이 땅의 기쁨!
잠시 스치는 이 평화의 기쁨!
하늘 땅 하나 되는 이 기쁜
추억의 순간들!
이 모든 그리움!
땅끝 하늘 끝 영원하라!

온 세상 아름다운

오랜 손짓의

기나긴 추억이 되라!

파도

때로 파도 소리 내 안에도 있다
동해안 몰아치다 어느 날 하늘길 멀다 않고
몰려와 내 안에 아우성치는 거센 파도가 있다
그 파도 소리 때론 슬프지만 어느 고요한 날
그리울 때 있다 홀로 외치는
저 거센 파도의 목소리
그것이 나의 밤잠을 깨우며 눈을 뜨라, 눈을 뜨라
온몸을 흔들 때 있다

눈을 뜨라, 눈을 뜨라!

저 어지러운 파도 소리
그 소리 내 가슴의 숲 사무치게
아우성칠 때 있다

그래, 그래, 눈을 뜨자
내 안에 숨어 고독한 추억의 그림자들
모두 깨워 진정 꿈이 되자 눈물이 되자

사랑이 되자

언제나 기쁜 손짓이 되자

하늘 멀리 나부끼는 봄바람이 되자

영원한 자유가 되자

거친 파도 소리 홀로 가슴에 품는

희망이 되자

춤

새해를 맞아
친구 하나 내게 달력을 보내왔다
겉표지를 넘기니
한 여성 붉은 치맛자락
긴 치마 양손 높이 펼쳐 들고
이빨 밝게 드러낸 채
홀로 춤을 추고 있다
덩실덩실 하늘 날 듯
이렇게 1월이 시작되고
2월이 오고 3월이 오면서
가는 세월 모두 환희의
웃음소리만 가득하니
우리 세월 때로 슬픔이 있고
때로 아픔도 있지만
1년 열두 달 새 달력 속엔
정든 세상 버릴 것 없어
덩달아 노여움 없고
노여움 없으니 덩달아

눈물도 사라진 듯 문득
딴 세상 같다
내가 발길 잘못 돌려
이리 잘못 온 것은 아닌지
한참 어리둥절할 때
문득 나도 덩실덩실
춤바람 났다
손잡을 사람 없어도 여기저기
손에 잡히는 그리운 사람들,
그들 더불어 나의 한 세월 오늘따라
딴 세상이다
눈물 모두 허공에 버리고
하늘길 멀리 손짓 보내는 그리움의
오랜 휘파람 소리이다
멈출 줄 모르는 환희의
오랜 춤이다

창밖의 세상

창 앞에 서서
창밖을 바라본다
홀로 흐르는 앞 강물과
미루나무 높은 가지 위에 앉아
홀로 출렁이며
홀로 우는 뻐꾸기 한 마리
그 모습 나 홀로
멀리 바라본다
오가는 길 창으로 막혀
울음소리 아주 가늘게 들리지만
내 마음 깊은 곳 문 열고 스며드는
저 목소리의 애절한 울림,
저 한없는 그리움의 아우성,
그 소리 홀로 하늘 퍼지는
저녁 무렵
문득 나도 갈길 모른 채
작은 눈물방울 발등에 떨군다
우리 삶이란 언제나 이렇다

밖에서도 그렇고 안에서도 그렇듯
멈출 줄 모르는 그리움의 아우성,
아마도 저 먼 세상 거기에
기다리며 손짓하는 누군가 있으리니,
우리 삶이란 멈추지 않는
그리움의 오랜
눈물이다

휘파람 소리

어느 봄날 산책길
어디에서가 바람결 산들거리고
여기저기 꽃잎들 나부끼니
문득 내가 딴 세상 온 것 같다
덩달아 나도 신이 났다
휘파람 절로 나고
하늘 저 멀리 높게 날아가는
가마우지 바쁜 날갯짓들
이리 오라, 이리 오라,
나를 부르는 듯하다!
아마도 서녘 길 저 먼 곳
누군가 그리운 이 있어
저리 서두는 모양이다
문득 나도 누군가 그립다
그러나 어쩌랴,
하늘 길 갈 수 없으니 어느 결
휘파람 소리 절로 난다
휙휙, 그대 누구일지니,

휘파람 소리 답하여 내게
나풀나풀 오랜 손짓 하늘 넘치게
보내주면 어떠랴!
우리 삶이란 언제나 오랜
그리움일지니!
따듯한 눈물일지니!
한여름 기나긴 빗줄기일지니!
끝나지 않는 추억일지니!
그대 향한 오랜 휘파람 소리일지니!

지구본

서제 책상 앞에 늘
둥근 지구본 하나 거기에 있다
거기에 있어도 거기에 있는 줄 모르고
살아오다가 어느 날 문득 아침에 눈 떠
고개를 드는 순간 지구본이
환히 웃고 있었다
놀라 바라보는 순간
문득 감사가 떠오른다
이 지구 본 속에 내가 있다는
생각을 갖게 된 것이다
아하! 내가 여기에 있구나
이 지구 밖에 하나님 계시고
이 지구 안에 내가 있어 오늘도
하늘을 보고
거기 하나님을 보는구나!
물론 내가 직접 하나님을 못 보지만
하나님이 나를 보시니
나도 하나님을 보는 것이 아닌가?

아하! 신통하게도

하나님은 늘 내 곁에 계시네!

그걸 모르고 살았으니,

하나님도 꽤 섭섭히 여기셨겠네!

그러나 하나님 바로

내 곁에 계심을 이제 알았으니

가진 마음 모두 가까이 대화를 전하겠습니다.

귀 기울여 주세요!

응답해 주세요, 하나님!

종이배

아침 산책길
옆으로 흐르는 강 물결 위
종이배 하나 홀로 남실남실
세상 여행 바쁘다
누군가 기쁜 소식 있어
저리 종이배 하나
바삐 심부름 보낸 것일지니
잠시 쉬어 가라
붙들고자 해도 내 손짓 본체만체
제 갈 길 먼 산 저쪽
고개 돌릴 줄 모른다
아하, 저리 바쁜 소식
무엇일까 생각해 보니
문득 내 그리운 먼 세상
남실남실 꽃나비 춤추듯
내 앞에 멈춘다
우리 삶이란 그리움의 바람결
어디인지도 누구인지도 모른 채

한없는 여행길

파도 속 종이배처럼

홀로 남실남실 물결 따라

세월 따라

가다가, 가다가 어느 한 곳

조용히 머무는 것

조용히 머물러 하늘 멀리

바라보는 것!

종달종달 종달새

봄이 되면
산책길 강변 나무숲
아지랑이 가물가물 앞다퉈
하늘길 오른다
술 취한 듯 여기저기
어울리고 속삭이는
봄빛 그림자들
하늘길 멀리서 들려오는
종달종달 종달새 노래
홀로 황홀하여 눈 감으면
가슴 가득 세상 그림자 모두 살아져
나 혼자 뜬구름 된다
오랜 세월 억눌린 슬픔
저 홀로 숨죽이고
따듯한 봄 그림자 꽃눈 되어
이리저리 내 온몸 덮으니
보이는 것 오직
종달새 그리운 손짓뿐이다

한 세월 내 살던 세상 어디로 가고
문득 속마음 텅 빈 듯
종달종달 종달새 하늘길 따라
저리 오래도록 혼자 보내온다
종달종달 종달새 노래

고백

몇 개의 시계들이 서로 다른
시간을 가리키며
책장 위 또는 하얀 벽 위에
멋대로 걸려 있다
시계침 홀로 돌며 여기저기 째깍째깍
각기 다른 목소리로 나의 귀 오랫동안
사로잡고 있었지만
언제부터인가 그 소리 내게 들리지 않았다
시계들 거기 있었지만
그것들 다른 세상 파랑새처럼
어디론가 날아가 버렸는가?
매우 고요한 시간 속에서
문득 나의 외로움만 슬프게
하늘길 날아가고 어디에선가
자정의 고요한 바람 소리 손 모아
창문을 두드리고 있었다
그때마다 시간 가는 발자국 소리처럼
이름 모를 검은 그림자들

내 고독의 안길 따라
자꾸만 가까이 오고 있었다
저 그림자 누구의 것인가?
문득 나의 외로움 그와 함께
하늘길 하얀 풍선이 되고 있었다
더불어 저 먼 별 틈 사이로
파랑새처럼 흔들흔들 누군가
그리운 휘파람 소리를 내고 있었다
좁은 침실 홀로 잠든 사이
내 꿈이 늘 그랬다
언제부터인가 내 꿈 살아서
나를 데리고 하늘길 풍선처럼
넘실넘실 보랏빛 날개가 되리니
내 그리움 늘 이렇게 멈추지 않는
푸른 손짓이 되고 있었다
내 삶이 늘 그렇게 하늘 향한
오랜 손짓이었다

홍수

한여름 8월을 맞으니
어느 날부터인가 빗소리 시작하여
어느 날까지인가 그 소리 멈추지 않는다
하루는 외로이 창가에 서서
앞 강물 출렁이는 파도 소리 들으려니
누군가의 거센 아우성 같기도 하고
노한 짐승 불현듯 쏟아내는
목울음 같기도 하다
사람들 두려운지
아무도 얼굴 보이는 이 없고
문득 나 홀로 알몸 되어
빗속에 서고 싶다
한꺼번에 콸콸 쏟아지는 저 물소리의
한가운데 서서 가슴에 솟는 무슨 그리움이든
외로운 날의 슬픔이든
텅 비어 허무한 고독이라 할지라도
모두 한 줌 눈물로 삼아
허공에 훌훌 던지고 싶다

가진 것 모두 풍선처럼 바람 속에
한 줌 꽃잎 되게 하고 싶다
하얀 웃음소리 되게 하고 싶다
세상 추억 모두 더불어 철철
한줌 입맞춤 되게 하고 싶다
세상만사 이리저리 더불어
허공을 나는 오랜 추억이 되게 하고 싶다
나도 빗소리 되어 그 추억의 한끝
작은 눈물 물기 되고 싶다

홀로 하늘 나는 새에게

— 편지 · 1

어느 외로운 날 문득
하늘을 바라본다
빈 공간 흰 구름 어디론가 바쁜 걸음 옮기고
그 사이로 이름 모를 새 한 마리
날갯짓 가볍다
나도 혼자이고 새 한 마리 그도 혼자인데
저리 바쁜 날갯짓 무엇을 꿈꾸는지
속마음 보이지 않아
홀로 궁금하다
우리 삶이란 때로 슬프고
때론 가슴 아파
앉은 자리 눈물 흘릴 때도 많지만
하늘길 새 한 마리
저도 무엇을 그리워하는지
날갯짓 멈출 줄 모른다
새야, 새야, 하늘길 홀로 가는
저 외로운 새야,
오늘따라 너와 함께 여행길 손잡고

동무하면 어떠랴

전하는 말 달리 없이 그냥

먼 길 바라보는 눈빛만 나눈들 어떠랴

어느 외로운 날

마주 보며 서로 그리워하면 어떠랴

이것이 사랑이라 하면 어떠랴

새야, 새야, 하늘길 홀로 가는

저 외로운 새야

홀로 하늘 나는 새에게
―편지 · 2

아침결
푸른 하늘 홀로 바라보노라니
어느새 한 마리 외로이 갈 길 바쁘다
문득 나도 저리 한 마리 새가 되고 싶다
한 생애 우리 삶이란 그냥
덧없는 그리움 깊어 갈길 모른 채 길 방황하지만
이 아침 새 한 마리 일찍 눈 떠
저리 제 갈 길 찾아 멈추지 않으니
나도 멀리 손짓 보내며
함께 가자 외쳐 불러보고 싶다

홀로 하늘가는 저 새야, 하늘 높은 저 새야
나랑 손잡고 같이 어우르면 어떠랴!

아마도 하늘 높아 내 목소리
듣지 못하는 듯
저 새 한 마리 멀리 산 고개 넘고
아침 햇살 더욱 환히 밝아오니

내 손짓 더없이 넋 놓을 뿐,

외로움 다시 가슴을 덮는다

새가 될 수 없어 그리움만 홀로 사무치는

나에게 새야, 새야 한 번쯤 눈 돌려

환한 손짓 오래오래 전해 주면 어떠랴

새야, 새야,

하늘 높이 그리운 나의 새야, 나의 새야

환희

내 서재 책상 앞
둥근 접시 모양 도자기 하나
홀로 벽에 걸려 있다
거기 석양 속 날마다 흑인 남녀
두 사람 전후좌우 온몸 흔들며
춤바람 멈출 줄 모른다
아아 누구인가, 저들은!
마음속 가진 것 모두
허공에 던져 버리고
초록 옷자락 길게 나부끼며
춤바람 멈출 줄 모르는 저 신명은!
마주 보는 저 황홀의 눈빛은!
어디에서 들려오는 환희의
그 오랜 목울음 소리는?
그 빛나는 생명의 기쁨은?
내 가슴 흐르는 눈물의
이 뜨거운 출렁임은?
내 그리움의 한없는 용솟음은?

이별

그대여,

언제든 이별을 준비하라

이별이란 만나고 헤어지는 것

우리는 서로 그리워하며 포옹의

꿈을 꾸기도 하지만

삶이란 이별을 위한 긴 여행길임을 알라

서로 손짓 흔들며

제 갈 길 찾아 떠나는 갈매기

아득한 날갯짓임을 알라

비 오는 날에도 눈 오는 날에도

옷깃 스치매 잠시 방긋

손짓 남기는

추억임을 기억하라

그리하여 사랑하라

마주 보며 서로 흔드는 손짓

오래도록

멈추지 말라

제 4 부

나비의 꿈

꿈길에서

곤한 잠길
홀연 꿈길에 들어섰다
누가 불렀는지 모르지만
그리운 사람 거기 있는 듯
호랑나비 큰 날갯짓 팔랑팔랑 휘저으며
외로운 꿈길에 들어섰다
누군가 분늑 내게 보내는 손싯 있어
바쁜 걸음 그리 향하노라니
아, 저 누구인가!
어릴 적 뒷산 울어내던
뻐꾸기 한 마리 저 홀로
나를 부르고 있지 않나!
하 그리워 문득 손잡으려니
이를 어쩌려나, 나를 버리고
훨훨 홀로 하늘 나는
그 모습 나를 한 없이
외롭게 한다

하늘빛 푸른 날에

아침잠 깨어 창문 열고
하늘빛 보니 그 푸름 속 깊어
한없이 눈부시다
누군가 지난밤
뜬구름 지워 가며
저리 깊게 물길 열어 놓은 듯
찬란하게 반짝이는
하늘빛 저 푸른 아득함!
그 길 따라 날갯짓 바쁜
가마우지 몇 마리!
저들은 지금 어디로 가는지?
아마도 기다리는 누구 있어
마음 바삐 갈길 재촉하려니
이 아침 나도 훨훨
저 하늘 구름길 따라
그리운 사람 멀리 바라보며 홀로
날갯짓 길게 나부끼고 싶구나
한 생애 지워지지 않는

그리운 이여

저 산 너머 그대

외로이 손짓하며 나를 기다리려니

휘파람 불며 종달새처럼

훨훨 하늘길 오래 날고 싶구나

한여름의 추억

한여름 무더위 철,
때로 알몸 되어 침대에 누운 채
나 홀로 창밖 고요한 먼 하늘길
구름 한 점 무심히 바라볼 때 있다.
어디에선가 가마우지 몇 마리 떼 지어
서쪽 길 바삐 재촉하고 있고
문득 매미 한 마리 홀로 애태우듯
목소리 높여 하늘 닿도록 그리
우짖기도 한다
나는 홀로 무념무상,
허공에 매달린 듯 뒤척이다가
문득 그 우짖는 매미 울음소리 따라 찔끔
눈물이 나기도 한다
누군가 그립다는 것은 가슴 깊이
드높게 외로움 출렁임이니,
한 생애 우리 삶이란
이렇듯 한없는 그리움의 나들이,
매미 한 마리조차 저리 가슴 아파 울 때 있으니

우리 사람이야 어찌
텅 빈 가슴 그냥 비껴 모른 체
숨겨 둘 수 있으랴!
인생이란 이런 것이다

가을밤

어릴 적 고향집 뒷들
가을 되면 어디에서 모여든
수많은 귀뚜라미 울음소리
떼 지어 하늘 닿을 듯
밤새 멈출 줄 몰랐다
무슨 슬픔 그리 많았는지 모르지만
어린 마음 문득 가슴 쓰린 듯
긴 밤 잠 못 이룰 때 많았다
이제 오랜 세월 멀리 흘렀고
온 가슴 머물던 슬픔도 사라진 지 오래 되었지만
이 밤 홀연 창틈 새로 스며드는
귀뚜라미 한 마리 그 긴 목울음 소리
밤늦도록 멈출 줄 몰라
온 가슴 아득히 파헤치는 칼날이 된다
무엇이 저리 슬프단 말인가,
돌이켜 그 울음소리 다시 들으려니
어릴 적 그날 그때 어린 내 마음대로
찔끔 눈물이 난다

전쟁 중 아버지 덧없이 세상 떠나시고
홀로 남은 어머니 외로운 기침 소리
언제든 내 가슴 칼로 오리듯 슬펐으니
문득 오늘 밤 창가에 매달려 우는
귀뚜라미 저 기나긴 울음소리
그것이 다시 창백했던 어머니 얼굴 되어
내 앞을 가림에
가는 세월 문득 뒤돌아 끌어 잡고
깊이깊이 다시 못 박는 듯
덧없이 흐르는 눈물 끝내
막을 수 없구나!
세월은 가도 저 홀로 가지 않는
그리움의 한없는 손짓!
그때 그 겨울밤 외로이 우짖던
귀뚜라미 울음소리!
다시 사무치는 어머니, 어머니의
그 가슴 아픈 코 울음소리!

나비의 꿈

어느
하늘 푸른 봄날
노랑나비 한 마리
내 사는 강가 아파트 8층 유리창 매달려
몸부림 그지없다
투명한 유리창 그게 절벽인 줄 몰라
돌아갈 생각해 못해 내고
한없이 발버둥만 치는 모습
가슴 아프다
저를 어쩔까 하여
유리창 두드리며
쿵쿵, 돌아가라 외쳐 보지만
그 소리조차 알아듣지 못해
물러설 기미가 없다
돌이켜 보니 한 생애 내 삶도
이와 같았으리니,
멀리 하늘 맑은 세상에서
나를 보는 이 있어 안타까이

가슴 두드릴 때 많았을 것 같다.

돌이켜 보니 한세상 내 갈 길 몰라

방황하는 때 얼마나 많았던가?

혼자 이리 안타까워하고 있는 순간

홀연 그 외로운 나비 한 마리

나풀나풀 하늘 높이 홀로

제 갈 길 날아간다

자유를 얻었음이라!

아아 저 자유의 황홀함이여!

저 평화의 아름다움이여!

문득 나도 덩달아 자유가 되어

나비처럼 하늘길 멀리

날아오르고 있었다

나풀나풀 한없이

평화의 춤을 추고 있었다

꿈이었다

나그네길 덩실덩실

사람들 때로
인생길 나그네길이라고 말한다
정처 없이 이길 저길 헤매다가
우리 세상 덧없이 떠나는
외로운 방황의
한 세월이라고 말한다
아마도 그럴지나
우리 세상 정처 없는 나그네길
때로 그 한 녘 꽃이 있고
때로 봄날처럼 여기저기
따듯한 동녘 바람 불어 가슴 스치는
그리움 함께 넘실거리느니,
문득 눈물조차 기뻐하며
만나는 사람들 서로 손 잡고
모두 더불어 봄날 꽃나비처럼
헤어질 줄 모른 채 나풀나풀
먼 하늘길 같이 가면 어떠랴
진정 뜨거운 사랑 마주 보며

오래오래 고백하고 또

고백하면 어떠리

외로운 나그네길 덩실덩실

함께 가면 어떠랴

산책길에서

내 사는 마을 산책길
길게 강가로 이어져 있다
겨울 되면 숲길 아득히 고독 쌓이고
봄 되면 다시 꽃들 여기저기
떼 지어 가득하다
한겨울 어찌 지내는지 보이지 않던
노랑나비 흰나비 떼 지어
이 꽃 저 꽃 바삐 입맞춤 나누고
그 사이 아지랑이 그윽이
춤바람 멈추지 않는다
나도 흥이 나서 손짓 멀리 저으며
노랑나비 흰나비 모두 불러보지만
그것들 본체만체 저들끼리
어루만지고 쓰다듬으며
하늘 길 오락가락 온종일 분주하다
문득 내가 외롭다
꽃들 반짝여도 전할 말 없이
홀로 떠도는 봄날 숲길 위의 이 외로움,

아마도 내 한 생애 이렇게 외로운

오랜 여행길이었을지니,

오늘은 기꺼이 노랑나비 흰나비 모두 유혹할

내 비장의 손짓 긴 휘파람소리 더불어

하늘 가득 날려 보냄이 어떠랴

아마도 떼 지어 내게로 모여들

저 꽃나비들의 춤,

황홀하여 나 홀로 어리둥절한

그 아름다운 세상의 추억

등불

어릴 적
내 삶의 어둠은 깊었고,
때로 밤을 밝히는 호롱불 빛
그것만이 내 슬픔의 따듯한 친구였다
전쟁 중 홀로되신 어머니
먼 장삿길 떠나시고 어둔 밤 고독 속에서
10살 어린 나이 눈물만 가득하였다
그 세월 이제 멀리 지나고
가끔 홀로 저 하늘 달빛을 보면
10살 내 모습 다시 보이나니,
아직도 눈물 마르지 않아
홀로 손등을 적실 때 있다
어머니 오래전 하늘길 가시고
다시 돌이켜 보는 세월의 눈물,
산책길 반짝이는 등불 하나,
이것이 오늘은 작은 손짓이 되어
나의 오랜 세월 다시 눈물을 부르니
아아 한 생애 긴듯해도

지난날 함께 모두

내 곁에 더불어 있음을

다시 알겠다

새벽 창밖의 빗소리

한밤 깊은 꿈속 홀로

헤매다가

새벽녘 잠깨어 문득

눈을 뜨노라니

창밖 빗소리 참 소란스럽다

누군가 그리운 이 있어

창문 두드리는 듯

고독의 한순간 어디로 가고

가슴만 홀로 쿵쿵

오랜 파도 소리를 낸다

우리 삶이란 언제나 이와 같으니

비 오는 날이면 그 빗소리

언제나 그리운 사람

멈추지 않고 내게로 오는

오랜 발자국 소리가 된다

돌 · 1

어느 날 외로이
돌의 세상에 갔다

돌은 말이 없다
돌은 추억이 없다
돌은 사랑이 없다
돌은 슬픔도 눈물도 없다
돌은 저항도 없다
돌은 흙에 묻히고
돌은 발에 밟히면서
돌은 절망이 없다
돌은 홀로 외롭지만
돌은 외롭지 않다

돌의 세상 그것이
어느 날 내게
그리움의 오랜 손짓이 되었다

돌 · 2

돌은 말이 없다
영원한 침묵일 뿐 돌은 추억도 없다
나이가 들어 심심풀이로 시작한
하천부지 나의 농사터엔
흙 반 돌 반 제멋대로 생긴
잡석들 가득하다
아내가 장만한 농토이기에 어느 날
나도 모르게 농사꾼이 된 것이지만
나의 농사는 돌들과의 전쟁이었다
그 견고한 전쟁,
그러나 돌들은 언제까지나 침묵일 뿐이었다
냉정한 돌들의 침묵
그것은 차디찬 것이었다
그러던 어느 날 그 돌들 아침잠 깨듯
문득 나에게 말을 걸어왔다
세월과 함께 한 땅의 비밀, 그 비밀들이
눈을 떠 내 추억이 되고 있었다
천 년 만 년 오랜 세월 속

이리 부딪치고 저리 부딪치더니
마침내 돌이 되어 버린
돌들의 추억, 아아 그 속에
한 생애 나의 추억도 어슬렁거리고 있음이라
이마의 주름살 굳건해진 것이
문득 눈앞 잡석들처럼 내 삶의
흔적이 되고 있었다

사이렌 소리

때로 한여름 고요한 시간
앞 강 저 건너 산밑 길
소방차 사이렌 소리 바쁘게 요란할 때 있다

무슨 급한 일일 듯 문득
마음에 근심이 생긴다
내 일이 아니라도 누군가에게
닥쳐왔을지 모를 작은 일일지언정
바쁜 사이렌 소리 아프게
온 가슴 흔든다
돌이켜 보니 한 생애 우리 삶이란
이렇듯 사이렌 소리 요란한
근심의 연속이다

그래도 사랑이라는 이름의 포옹이 있어
그 근심 그 아픔
이길 수 있으니 오늘은 문득
소방차 사이렌 소리 오히려

멀리서 날아오는 기쁜 소식처럼

찰싹찰싹

예쁘게 내 가슴 어루만진다

유혹

돌이켜보니 어느새
한 생애 많은 세월 흘렀다
계곡 따라 굽이굽이
물결 흐르듯 그리 흐르고 흘러
오늘 문득 이 자리
저 높은 하늘길 바라보노라니
이름 모를 새 한 마리 서녘 길 따라
바삐 홀로 가고 있다
저는 어디로 가는가?
궁금하여 손짓하며 가는 길
묻고자 하나
뒤돌아볼 틈 없이
멀고 먼 길 여전히 바쁘다
새야, 새야,
네 갈 길 어딘지 모르지만
아마도 저 먼 곳 그리운 세상
너를 기다릴지니
뒤돌아 나와 함께 따듯이

손잡으면 어떠랴

하늘길 너른 바다 휘파람 불며

세상일 모두 잊고

그냥 사랑해, 사랑해 속삭이며

한 생애 천년처럼 모든 슬픔

이슬비 삼아 허공에 뿌리면 어떠랴

새야, 새야

하늘길 홀로 가는 저 외로운 새야,

진정 오늘은 너와 더불어

모든 세월 땅에 묻고 마주 보며

푸른 하늘길 그냥 훨훨

동무하고 싶구나

한 세상 쌓아둔 모든 기억의 티끌들

저 푸른 하늘 바다 깊이

훨훨 날려 보내고 싶구나

새야, 새야

하늘길 외로운 저 파랑새야.

메뚜기

어느 가을 하루
이웃 논길 홀로 거닐던 날
작은 메뚜기 한 마리
내 옷소매 위에 앉았다
잠시 머뭇거리더니
잘못 온 줄 알았는지 급히
숲길 저쪽 날아가고 만다
문득 그가 약속하다
반가이 그 눈빛 마주쳤는데
간단 말 없이 포르르
제 갈 길 멀리 가는 것이
내 사랑 거역한 듯!
아아, 내 생각이 짧았지,
제 갈 길 바쁜 참에
어리석게 홀로
내 욕심만 차리다니!

| 후기後記 |

시야, 고맙다

박 민 수

시야, 고맙다

박 민 수

'시인' 이라는 이름을 갖고 살아온 지 꽤 오래 되었다. 춘천 교육대학 대학 시절 '시인' 이라는 이름이 그냥 좋아서 문예반에 들었고, 마침내 몇몇 친구들과 동인을 만들어 어울리다가, 군 복무 후인 1975년 어느 날 어떤 문예지 신인상으로 마침내 '시인' 이라는 이름을 부여받았다. 그러나 그때 나는 '시' 가 진정 무엇인지 몰랐다. 그냥 짧은 언술 형식으로 행 가르기나 하며 자기 내면을 표출해 내는 그런 짧은 글이 시라고 이해할 정도일 뿐이었던 것이다.

내가 시 쓰기에 본격적으로 매달리기 시작한 것은 1969년 군복무를 마치고 복학하였을 때였다. 시에 대한 완전 무지 속에서 그냥 '시'가 좋아 문예반 일원이 되었고, 문예반에 동참하여 술 반 공부 반으로 살아가다가 본격적으로 시 창작에 몰두하면서 어느 날 문득 《월간문학》 신인상에 당선되었던 것이다. 그러나 나는 실제로 시가 무엇인지 몰랐다.

그러던 어느 날 문득 실제로 시가 무엇인지 알고 싶은 강한 충동이 솟구쳤다. 시인이 되었지만, 정작 시가 무엇인지 설명할 수 없었던 나의 무지가 부끄럽게 여겨졌던 것이다. 그리하여 초등학교 교사로 있던 내가 돌연 시를 이론적으로 공부하자는 생각을 갖게 되었다.

2년제 교육대학을 나와 초등학교 교사를 하며 시골 야간대학 경제학과에 출석하고 있을 때였다. 이때가 나이 32살, 1975년 무렵이었다.

그 당시 나는 우리나라 문단에 대한 아무런 정보를 갖고 있지 못하였다. 그냥 주변의 문예반 친구들과의 어울림 속에서 얻어들은 미숙한 정보 지식이 전부일 뿐이었다. 그러던 어느 날 누군가 나에게 《월간문학》이라는 문예지를 구독할 것을 권해왔다. 당시에는 문예지가 그리 많지도 않았고, 시골 초등학교 교사로 있으면서 그런 본격적 도서 정보를 접하는 것조차 쉬운 일이 아니었던 때였다.

그리하여 선뜻 이 책을 구독하게 되었고, 거기에 신인상 모집 공고문이 수록되어 있음도 보게 되었다. 이 신인상 모집 공고문은 내게 큰 흥분을 자아내는 것이었다. 이로써 나는 그 신인상 모집에 응모하였고, 마침내 당선되어 '시인'이라는 멋진 칭호를 얻게 되었으며, 이로써 이웃 사립 고등학교 국어 교사로 발탁되기도 하였다.

당시에는 교사가 부족하여 '시인'이라는 간판 하나로 이렇게 초등학교 교사였던 내가 고등학교 교사가 되었던 것이다. 참으로 무모한 나의 결단이었지만, 이로써 나는 학생들 강의 준비 겸 나의 문학 지식을 역동적으로 확장해 갈 수 있었고, 그 후 본격적으로 도전하여 서울대학교 국어국문학과에서 석사, 박사가 되었으며, 모교 교수와 총장도 되었다. 돌이켜 보니 참으로 놀라운 일이었다. 실제로 나는 고등학교 3학년 4월이 되기까지 떡 장사를 하여 나를 키우시던 홀어머니의 전적인 교육열에 의해 학생으로서의 위치를 지키고 있을 뿐이었다. 나는 그때까지 계속 열등생이었고, 낙제 대상이었지만, 떡 장사를 하시던 어머니가 학교 선생님들에게 떡을 대 주시면서 나를 낙제시키지 않고 계속 출석할 수 있게 해 주셨던 것이다.

이러한 내가 고등학교 4월이 된 어느 날 문득 큰 각성에 빠지게 되었다. 그 각성 내용은 이런 것이었다.

“내가 이렇게 공부를 못하는데 커서 나중에 어떻게 살아가지?”

이러한 나의 자기 각성은 참으로 처절한 것이었다. 그리하여 나는 휴학을 결심하고 죽느냐 사느냐 공부에 매달렸고, 이로써 복학 후 마침내 춘천교육대학교에 합격하였으며, 나중에 서울대학교에서 학위를 취득하여 교수로 취임하기에도 이르렀다. 전적으로 ‘오직 시’ 공부로부터 비롯된 결과였다. 그 후 나는 열권의 문학 관련 이론서와 열권의 시집을 내게 되었고, 이번의 시집이 열한 권째이다.

내가 오늘에 이른 것은 오직 시인이면서 시를 몰랐던 내 무지에 대한 가슴 아픔 덕분이었다. 시를 쓰고 시인이 되었지만, 실제로 시가 무엇인지 모르는 무지 속에서 살아오며 이 사실을 깨닫는 순간 본격적으로 공부를 하자는 결단을 갖게 되었던 것이다. 시인이되 시를 모르는 시인! 시인이 되고자 하여 시인이 되었지만, 시에 대하여 이론적으로 아는 것이 아무것도 없었던 무식한 시인, 이것은 나의 큰 부끄러움이었다. 시인이면서 시를 말할 수 없는 시인! 이것은 나의 부끄러움이면서 동시에 나의 무지를 말하는 것이기도 하였다.

바로 이러한 자각 속의 어느 날 놀랍게도 새로운 도전의 욕망이 솟구쳐 올랐다.

"시를 알자."

"시를 알기 위해 공부를 하자."

"공부를 위해 문학 전공 대학원에 진학하자."

바로 이러한 생각을 갖게 되었을 때에 또 놀랍게도 서울대학교 국문학과 출신의 이웃 대학교수를 만나게 되었다. 그는 내가 어느 시골 야간대학 경제학과를 졸업한 무지한 학사임을 몰랐다. 그리고 세상 물정에 대한 아무 지식이 없었던 나는 그에게 언뜻 문학을 공부하고 싶다고 고백을 하였다.

그랬더니 나의 실체를 모르는 그가 나에게 자기가 졸업한 서울대학교 국어국문학과 입시 정보를 아주 상세하고 친절하게 알려 주었다.

그리하여 나는 서울대학교 국문학과 입시에 필요한 모든 정보를 세세히 알게 되었고, 이로써 즉시 그 필요한 서적을 주문하여 무작정 책을 읽기 시작하였다. 모두가 깜깜하게 낯선 내용들이었다. 그러나 무식하면 용감하다고 하였다. 나는 마침내 그 당시 어렵사리 얻게 되었던 사립 고등학교 교사직까지 휴직 처리를 하고, 새로 공부를 시작하며 마침내 입학시험에 도전하였다. 낙방이었다.

그러나 좌절하지 않았다. 이듬해 또 도전하였다. 또 낙방이었다. 그래도 낙담하지 않았다. 그러나 심정은 매우 처참하였다. 3회 연속 낙방이었던 것이다. 돌이켜 보니 참으로 무모하고 민망스러운 도전이었다. 그러나 나는 무식해서 용감하였다. 그리하여 당연한 듯 좌절하지 않았다. 그리하여 네 번째 또 도전하였다. 그리고 마침내 합격하였다. 시골 야간대학 경제학과 출신인 내가 서울대학교 국문학과 대학원에 합격한 것이었다. 그 때 갑자기 그토록 깜깜했던 온 세상이 환한 빛으로 반짝이는 듯 아득히 황홀하였다.

그리하여 첫 출석일이 되었다. 소설가 전광용 교수 시간이었다. 그가 학생들에게 자기를 소개하라고 하였다. 나는 사실대로 나의 이력을 밝혔다. 나의 학교 경력을 들은 그가 갑자기 책상을 꽝 치며 "어떻게 들어왔느냐!"고 호통을 쳤다. 그 때 내 곁에 동석해 있던 입학 동기 하나가 "자기가 뽑아 놓고……." 라며 핀잔 섞인 농의 말을 혼자 중얼거리기도 하였다.

이렇게 서울대학교 대학원에 입학한 나는 마침내 2년 만에 석사학위를 마쳤고, 3년 만에 박사학위를 받았으며, 모교인 춘천교육대학교 교수가 되었고, 마침내 제2대 총장도 되었다.

시가 좋아 시를 쓰면서 내가 쓰는 시가 진정 무엇인지 알기 위해 열심히 공부하였고, 이로써 마침내 그 절대 희망이었던 시인도 되었으며, 여기 덧붙여 뜻밖에도 졸업한 대학의 교수와 총장도 되었던 것이다. 시 공부가 나의 감성만이 아니라 지성을 계발하는 적극적 동기가 되었던 것이다.

그 후 나는 교수이자 시인으로서 10권의 시집과 10권의 이론서도 출판하게 되었지만, 나의 이러한 인생 여정에 가장 큰 영향을 미친 한 사람이 바로 춘천의 최초 시 동인 〈표현〉의 주도자였던 현재의 계간 문예지 《시와소금》의 발행인인 임동윤 시인이다. 후배이지만 군 복무를 마친 후 복학하여 춘천교육대학을 같이 다니면서 내게 큰 희망과 격려를 주었고, 그리하여 내가 시에 열정을 갖고 도전하는 계기도 계속 마련해 주었던 측근 한 사람이 바로 임동윤이었던 것이다.

물론 내가 서울대학교 박사와 모교 교수가 된 것도 그 영향력이 아주 큰 것이었다. 시에 대한 나의 무지를 극복하고자 도전했던 내 삶의 과정 속에서 얻게 된 너무나 큰 부대 선물이었다고 할 수 있다.

임동윤 시인의 청탁이 있어 오랜만에 이런 옛 얘기도 하고, 새로운 시까지 발표하게 되니, 뜻밖에도 젊음을 다시 얻은 기분이다. 돌이켜 보면 나의 한 생애는 시가 있어 큰 기쁨이었고, 그 많은 어려움 속에서도 시가 있어 지치지 않는 도전의 역동성을 발휘할 수 있었다. 내 생에 참으로 감사한 일이다.

"시야, 네가 있어 내 인생길 진정 참 고맙고 또 고맙구나! 앞날도 네가 있어 기쁘리니, 한 생애 내 곁에 네가 있음을 두고두고 즐거워할지니라!"

소금북 시인선 08

슬픔의 원천

©박민수. printed in Seoul, Korea

초판 1쇄 인쇄 2020년 10월 05일
초판 1쇄 발행 2020년 10월 15일
지은이 박민수
펴낸이 박옥실
펴낸곳 소금북
디자인 유재미 정지은

출판등록 2015년 03월 23일 제447호
발행처 강원도 춘천시 행촌로 11, 109-502 (우24454)
편집실 서울시 중구 퇴계로50길 43-7 (우04618)
전화 (070)7535-5084, 휴대폰 010-9263-5084
전자주소 sogeumbook@hanmail.net
ISBN 979-11-968400-7-5 03810

값 10,000원

* 이 책의 내용의 전부 또는 일부를 재사용하려면 반드시 저작권자와
 시와소금 양측의 동의를 받아야 합니다.
* 잘못된 책은 교환해 드립니다.
* 이 책의 국립중앙도서관 출판도서목록(CIP)은 서지정보유통지원시스템
 홈페이지(http://seoji.nl.go.kr)와 국가자료공동목록시스템에서 이용하실
 수 있습니다. (CIP제어번호 : CIP2020038835)

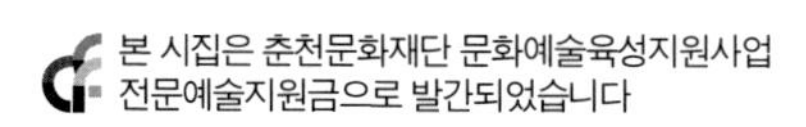